À tous les m

L'apprentissage de la lecture es
importantes de la petite enfance
pour aider les enfants à devenir
Les jeunes lecteurs apprennent à ... enfant de mots utilisés fréquemment comme « le », « est » et « et », en utilisant les techniques phoniques pour décoder de nouveaux mots et en interprétant les indices des illustrations et du texte. Ces livres offrent des histoires que les enfants aiment et la structure dont ils ont besoin pour lire couramment et sans aide. Voici des suggestions pour aider votre enfant avant, pendant et après la lecture.

Avant

Examinez la couverture et les illustrations, et demandez à votre enfant de prédire de quoi on parle dans le livre.

Lisez l'histoire à votre enfant.

Encouragez votre enfant à dire avec vous les formulations et les mots qui lui sont familiers.

Lisez une ligne et demandez à votre enfant de la relire après vous.

Pendant

Demandez à votre enfant de penser à un mot qu'il ne reconnaît pas tout de suite. Donnez-lui des indices comme : « On va voir si on connaît les sons » et « Est-ce qu'on a déjà lu un mot comme celui-là? ».

Encouragez l'enfant à utiliser ses compétences phoniques pour prononcer d'autres mots.

Lorsque l'enfant a besoin d'aide, lisez-lui le mot qui pose un problème, pour qu'il n'ait pas trop de mal à lire et que l'expérience de la lecture avec les parents soit positive.

Encouragez votre enfant à lire avec expression... comme un comédien!

Après

Proposez à votre enfant de dresser une liste des mots qu'il préfère.

Encouragez votre enfant à relire ses livres. Il peut les lire à ses frères et sœurs, à ses grands-parents et même à ses toutous. Les lectures répétées donnent confiance au jeune lecteur.

Parlez des histoires que vous avez lues. Posez des questions et répondez à celles de votre enfant. Partagez vos idées au sujet des personnages et des événements les plus amusants et les plus intéressants.

J'espère que vous et votre enfant allez aimer ce livre.

Francie Alexander,
spécialiste en lecture
Groupe des publications
éducatives de Scholastic

À toutes mes coéquipières, les Lady Lightning
—K.F.

Catalogage avant publication de Bibliothèque et Archives Canada

Flanagan, Kate
Le but gagnant / Kate Flanagan ; texte français de Claude Cossette.

(Je peux lire!. Niveau 3)
Traduction de: Polar Bears on ice.

ISBN 978-1-4431-0004-5

I. Cossette, Claude II. Titre. III. Collection: Je peux lire!. Niveau 3

PZ23.F55Bu 2009 j813'.6 C2009-903432-8

Édition publiée par les Éditions Scholastic, 604, rue King Quest, Toronto (Ontario) M5V 1E1.

5 4 3 2 1 Imprimé au Canada 09 10 11 12 13

LE BUT GAGNANT

Kate Flanagan
Texte français de Claude Cossette

Je peux lire! Niveau 3

Éditions
SCHOLASTIC

Chaussée de ses patins blancs,
Anita file sur la patinoire.

Elle saute.

Elle pirouette.

Elle tourbillonne.

Elle tourne à toute vitesse autour
de sa professeure, Mme Dion.

Puis elle culbute, glisse et s’étale sur la glace.

— Sois gracieuse, Anita! lance Mme Dion. Gracieuse comme un cygne!

Anita essaie. Mais parfois, elle ne se sent pas gracieuse comme un cygne.

— Regardez-moi, madame Dion! Je suis un kangourou! *Bong, bong, bong!*

« Anita est vraiment enthousiaste, se dit Mme Dion en secouant la tête. Si seulement elle apprenait à écouter! »

Un jour, Anita arrive tôt à la patinoire.
Des enfants qui portent un chandail
orné d'un ours polaire jouent au hockey.

Ils filent à toute allure, d'un bout à l'autre de la patinoire. Ils foncent, se bousculent et s'écroulent sur la glace.

Anita appuie son visage contre la vitre et les observe. Il n'y a aucun cygne gracieux sur la patinoire.

— *Grrrrrrrrrr!* dit Anita à sa mère. C'est ça que je veux faire!

Rien ni personne ne peut la faire changer d'idée. Pas même sa mère.

Ni son père.

Ni Mme Dion.

Bientôt, les patins blancs sont mis au rancart. Anita a de nouveaux patins, un casque, un bâton, des gants et un chandail bleu orné d'un ours polaire.

— *Grrrrrrr!* fait-elle.

Chaque semaine, Anita patine avec sa nouvelle équipe. Lorsque Guy, l'entraîneur, siffle, tout le monde écoute – même Anita.

Les joueurs parcourent la patinoire d'un bout à l'autre. Ils patinent vers l'avant et à reculons. Ils s'exercent à faire des départs, des arrêts et des virages.

Parfois, Anita ne peut s'empêcher d'ajouter un saut ici et là.

Ou une pirouette.

Ou un tour sur elle-même.

Les autres Ours polaires s'écroulent de rire en la regardant.

— Anita, es-tu un ours ou une ballerine? demande l'entraîneur.
Anita grogne tout simplement et s'éloigne en virevoltant.

L'équipe fait de plus en plus de progrès. Guy, l'entraîneur, a une nouvelle à annoncer aux jeunes joueurs.

— Notre premier match sera contre les Huskys de Saint-Rémi.

Personne ne parle. L'équipe des Huskys est la meilleure de la division.

— C'est une bonne équipe, ajoute Guy, mais je crois que nous pouvons gagner!

Les Ours polaires crient :

— Hourraaaa!

Anita saute sur la glace et se met à tournoyer. Elle a hâte d'affronter les Huskys.

Le jour du match, les gradins sont remplis. Anita salue ses parents en passant.

Les Huskys de Saint-Rémi font des exercices d'échauffement. Ils sont grands et ont l'air menaçants.

L'entraîneur encourage les Ours polaires.

— Regardez devant vous et patinez sans relâche. Mettez-y du cœur et tout ira bien!

Les Ours polaires unissent leurs mains et poussent des acclamations.

Le match commence.
Des chandails bleus et des chandails or vont et viennent sur la patinoire, à la poursuite de la rondelle. La foule les encourage.

Aujourd'hui, Anita se sent comme un ours.
Elle fonce.
Elle bouscule.
Elle grogne.
Elle ne s'est jamais autant amusée.

À dix secondes de la fin du match, Guy demande un temps d'arrêt. Les équipes sont à égalité : 2 à 2.

— Nous avons le temps de faire un tir, mais un seul, dit-il. J'ai besoin de mon meilleur patineur.

Il regarde Anita.

— Comment te sens-tu? lui demande-t-il.

— Comme un Ours polaire! rugit-elle.

— Alors, fonce! lance Guy.
Anita saute sur la glace.

Elle entend les cris de la foule.
L'arbitre laisse tomber la rondelle.

Bing! La rondelle glisse vers Anita. Elle l'attrape avec son bâton et fait demi-tour.

Un Husky lui barre la route avec son bâton. Elle saute par-dessus.

Un chandail or s’élance vers elle. Elle fait une pirouette.

Il ne reste qu'un Husky à déjouer.
Anita tourbillonne.

D'un coup de poignet, elle lance la rondelle vers le but... et compte!

La sirène retentit. Les Ours polaires sautent tous sur Anita.

— On a gagné! On a gagné! scandent-ils. Et ils s'empilent les uns sur les autres.

— Là, je te reconnais! ma patineuse! dit une voix. Gracieuse comme un cygne!

Anita émerge de la pile et lève les yeux vers Mme Dion.

— *Grrrrrr!* fait-elle. Je suis un Ours polaire maintenant.

Mme Dion aide Anita à se relever et la serre dans ses bras.

— Un Ours polaire plein de grâce, ajoute Mme Dion.

Anita sourit...